**Brigitte Anna Lina Wacker**

# Lass meine Hand nicht los…

Eine Liebesgeschichte

Herstellung und Verlag
BoD - Books on Demand, Norderstedt
ISBN 978-3-74314-307-4

Ohne ausdrückliche Genehmigung ist es nicht gestattet, das Buch oder Teile daraus zu vervielfältigen.
Text und Illustration: Brigitte Anna Lina Wacker©
Alle Urheberrechte bei der Künstlerin.

Matt schien die Sonne durch die dunkelblauen Vorhänge. Es dauerte eine Weile, bis ich mich an meine Umgebung gewöhnt hatte. Die erste Nacht seit langem in einem Hotelbett! Wie immer hatte ich schlecht geschlafen. Nur eine kleine Weile noch wollte ich liegen bleiben, vielleicht ein wenig träumen.

Seit vier Jahren fuhr ich jedes Jahr in diesen schönen kleinen Kurort, der geborgen im Werratal liegt, um auszuruhen und zu wandern. In diesem Jahr hatten meine Eltern mir eine Woche Kurzurlaub zum Geburtstag geschenkt. Seit Wochen freute ich mich auf diese Urlaubstage, denn in den letzten drei Jahren konnte ich lediglich verlängerte Wochenenden in diesem bezaubernden Ort verbringen.

Wie lange war es her, dass ich zum ersten Mal in diesem Hotelzimmer gelegen hatte? Ewigkeiten schienen seither vergangen und doch war die Erinnerung an die Zeit vor vier Jahren so lebendig, als wäre es gestern gewesen.

Ein wenig ausruhen wollte ich damals, weg von der Familie, von den täglichen Pflichten! Ich wollte endlich raus aus dem Alltagstrott, mich an einen gedeckten Tisch setzen, mich verwöhnen lassen und einfach mal die Seele baumeln lassen. Ein wenig komisch war mir dann doch gewesen, als Jürgen, mein Mann, mich damals zum Hotel gefahren hatte und mir dieses kleine Zimmer zugewiesen wurde. Oh nein, es war keines dieser luxuriösen Appartements gewesen, die meine Freundin Cornelia bevorzugte. Cornelias Mann war bei der Bundeswehr tätig. Beide hatten keine Kinder und konnten eigentlich tun und lassen, was sie wollten. Als sie dann auch noch eine Erbschaft machten, kauften sie sich ein großes Segelboot und waren eigentlich nur noch auf Reisen und unsere Freundschaft nahm ein jähes Ende.

Schöne Urlaubsreisen, sündhaft teure und edle Klamotten, davon konnte ich nur träumen. Wir lebten in sehr bescheidenen Verhältnissen. Von dem Geld, das ich nebenbei mit Kinderbetreuung verdiente, kaufte ich meinem Ehemann die Anzüge, die er beruflich brauchte. Und auch die Kinder benötigten immer wieder neue Anziehsachen. Ab und zu leistete ich mir einen Frisörbesuch oder kleine Luxusartikel wie Nagellack und Wimperntusche. Selten gab ich mich meinen Träumen hin. Als Ehefrau und Mutter zweier lebhafter Söhne stand immer die Familie im Mittelpunkt. Was ich persönlich wirklich wollte und wozu ich außer Haushaltsführung und Kindererziehung imstande war, wusste ich leider noch nicht so genau.

Mein Mann, leitender Angestellter einer Krankenkasse, war im Beruf sehr engagiert und verbrachte seine Freizeit ausschließlich mit Langlauf. So dachte ich damals. Schließlich konnte ich nicht wissen, dass er seine freie Zeit lieber in der nächstgelegenen Dorfkneipe verbrachte und seine Lieblings-beschäftigung darin bestand, mit anderen Männern Feierabendbierchen zu trinken.
Unsere Ehe bestand nur noch auf dem Papier. Intensive Gespräche fanden immer seltener statt und ein normales Ehe- oder besser gesagt Liebesleben gab es schon seit einigen Jahren nicht mehr. So blieb mir neben Haus- und Gartenarbeit nur der Spätnachmittag und der Abend, um Pullover zu stricken, zu lesen und wöchentlich zur Yoga-Gruppe des kleinen Dorfes zu gehen. Das Leben verlief zwischen Pflichten und täglichem Einerlei.

Ich gab mir redlich Mühe, meinen Kindern eine gute Mutter zu sein, dazu eine gute Hausfrau, die noch zu kochen und zu backen verstand, den Garten in Ordnung hielt, tapezierte, reparierte und ihre schlanke Figur pflegte. Aber anscheinend hatte das alles nicht ausgereicht, um das Interesse meines Mannes zu halten.

Um Kraft zu schöpfen, nahm ich mir vor, hier und da ein Wochenende ohne meine Familie zu genießen und legte immer wieder Geld meines Nebenverdienstes auf mein Sparbuch. Ich ging selten zum Frisör und sparte an Kleidung und Luxusartikeln, die für viele meiner Freundinnen und Bekannten zur Normalität des Alltags gehörten.

Dass meine Eltern mir nun diese Woche Urlaub zum Geburtstag geschenkt hatten, berührte mich sehr. Oft hatte meine Mutter bemerkt, dass ich müde war von der vielen Arbeit, denn mein Mann rührte in Haus und Garten nur äußerst selten seine Hände. Sogar das Aussägen des Apfelbaumes, das Schneiden der über 35 Meter langen Hecke wie auch das Anlegen eines großen Wärmebeetes waren meine Aufgaben. Oft hatte ich Rückenschmerzen, aber das rührte ihn nicht. „Du kannst Dir Deine Arbeit ja einteilen!", war sein Kommentar.

Meine Eltern waren seit jeher gegen unsere Beziehung gewesen. Mir fehlte wohl jeglicher Weitblick und Liebe macht bekanntlich blind. Ich litt unter der Lieblosigkeit und Teilnahmslosigkeit meines Mannes. Nach der Geburt unseres ersten Sohnes verzichtete er auf jegliche weitere Zärtlichkeit. Allerdings trat er in der Öffentlichkeit als warmherziger fürsorglicher Partner auf. Meine Freundinnen beneideten mich um diesen Mann, der immer gepflegte Hände und blitzblank saubere Schuhe trug.

\*

Endlich war es so weit. Ich war zurückgekehrt in das alte schrullige Hotel in dem romantischen Fachwerkstädtchen, das ich bei meinem ersten Urlaub so lieb gewonnen hatte. Noch etwas müde und schwerfällig erhob ich mich. Das Frühstücksbuffet würde noch nicht leer gefegt sein, wenn ich in einer halben Stunde im Speisesaal einträfe. Der Gedanke an eine heiße Tasse Kaffee und an duftende Brötchen mit leckerer Marmelade, ließ mich frohgelaunt und singend unter die warme Dusche springen.

Fröhlich schlüpfte ich in meine neue braune Jeans und probierte mehrere Oberteile an. Schließlich entschied ich mich für einen eng anliegenden rosa Pullover. Die Farbe tat mir gut und passte brillant zu meinem hellen Teint. Weit öffnete ich die Fenster. Ein Blick in die strahlende Sonne ließ mein Herz höher schlagen. Wie herrlich es hier doch im Herbst war! Die Laubbäume standen in voller goldgelber Pracht. In der Nacht musste es leicht gefroren haben, denn auf den Gräsern und Blumen funkelte und glitzerte der Tau im Morgenlicht. Vereinzelt waren noch kleine Kristalle sichtbar und einige der riesengroßen goldgelben und grünbunten Ahornblätter waren bereits von den Bäumen gefallen. Wie immer schien kein Wind zu wehen. Ich freute mich schon jetzt auf einen ausgiebigen Morgenspaziergang.

Als ich den Speisesaal betrat, saßen sehr wenige Gäste dort. Sie sahen nur mürrisch auf, kaum meinen fröhlichen „Guten Morgen" Gruß erwidernd. Ich beeilte mich mit dem Frühstück, zog meine blaue Winterjacke an, ergänzte die Garderobe mit einem rosafarbenen Seidentuch und ging dann endlich hinaus in diesen wundervollen kristallklaren Morgen.

Ich wusste genau, wohin mein Weg heute Morgen führen würde. Mein alter Freund, der Ginkgobaum, wartete sicherlich auf einen Besuch von mir. Ich entdeckte ihn damals im kleinen Park an der Stadtmauer. Nie zuvor hatte ich einen derart faszinierenden Baum gesehen. Die herzförmigen Blätter, die an kleine Fächer erinnerten, hatten mich sofort in Entzücken versetzt. Das herbstliche Gold, durch das die Oktobersonne schien, traf mich Glück verheißend mitten ins Herz. Die herrlich rissige raue Rinde lud zum Streicheln ein, was ich oft und gerne tat. Eine lange Urlaubswoche lang hatte ich täglich meinen Ginkgofreund besucht.

Überglücklich war ich, als ich ihn nun endlich wieder sah. Goldglänzend stand er da und ich hatte das Gefühl, als ob auch er sich über meinen Besuch freute. Um diese Zeit war der Park noch menschenleer. Ich lehnte mich leicht an seinen starken Stamm und begann, leise mit meinem Ginkgo zu reden. „Du guter alter Freund", flüsterte ich. „Die Kraft und Größe, die du besitzt, fehlt mir zurzeit. Ich bin meist sehr müde von all der Arbeit daheim, von der Routine, von der Lieblosigkeit meines Mannes, von den vielen Pflichten. Und manchmal weiß ich einfach nicht mehr weiter. Du bist so wunderschön, so einzigartig. Ich bin so glücklich, dass es dich gibt."

Und während ich mit meinen Händen leicht den Stamm berührte, spürte ich, wie die Kraft des Baumes auf mich übersprang. Trotz meiner geschlossenen Augen sah ich die Baumkrone sich leicht im Winde wiegen. Ich spürte eine nie gekannte Ruhe in mir aufsteigen und meine Füße schienen Wurzeln zu bekommen. Tränen schossen plötzlich aus meinen Augen. Ich konnte überhaupt nicht mehr aufhören zu weinen. Tiefer Schmerz brodelte aus meinem Inneren empor. Kaum vermochte ich mein Schluchzen zu unterdrücken. Ein Staudamm schien geborsten zu sein. Mein Herz, meine Seele, alles in mir tat nur noch weh.

Die Zeit schien still zu stehen. Um mich herum war es beinahe unheimlich still. Vorsichtig schaute ich mich um. Zum Glück hatte niemand meinen Gefühlsausbruch bemerkt. Ich war bekannt für Contenance. Niemals hätte ich mir in meiner Heimatstadt erlaubt zu weinen. Meine Mutter hatte sich statt einer Tochter den zweiten Sohn gewünscht. Sie war sehr streng mit mir. Ständig gab es an mir etwas zu kritisieren oder zu bemeckern.

„Mädchen sind Heulsusen!" schimpfte sie oft. Dabei übersah sie wohl, dass sie selber einmal ein Mädchen gewesen war und dass sogar Jungen nach einer erlittenen Ohrfeige weinten. Ohrfeigen und Schläge gab es beinahe täglich für mich. Im Laufe der Jahre hatte ich mich immer mehr diszipliniert. Selbst als meine Söhne geboren wurden, kam kein Schmerzenslaut über meine Lippen. Lediglich an der Atmung konnte man erkennen, dass ich unter den Schmerzen der Wehen litt.

In all den lieblosen Ehejahren litt ich still vor mich hin. Nicht einmal nachts erlaubte ich mir ein paar Tränen. Und nun brachte mich ein Baum zum Weinen. Ich war fassungslos. Still und gedankenverloren ging ich zurück zu der kleinen kopfsteingepflasterten Straße, die zum Marktplatz führte. Das Glockenspiel am Rathaus erklang mit sanfter Melodie. Ein lang vertrautes Kinderlied streichelte im milden Herbstwind mein Inneres. Wehmütig dachte ich an meine Kindheit und Jugend zurück.

*

Vierzehn Jahre jung war ich, als ich meine erste große Liebe kennen lernte. Ein wunderschöner Sommer war es damals. Jeden Tag der Ferien verbrachte ich in dem großen Heidebad des Nachbarortes. Faulenzend lag ich im Sandstrand der großen Anlage, als Georg mich ansprach. Georg war neunzehn Jahre alt und ich hatte ihn beinahe täglich am Bahnhof gesehen. Er war überaus attraktiv und hatte wunderschöne Augen, einen sinnlichen Mund und ein traumhaft süßes Lächeln. Ich war sofort verliebt in ihn und stellte mich täglich so, dass ich ihn von der Wartehalle aus gut sehen konnte, während meine Freundinnen lieber draußen am Bahnsteig auf den meist unpünktlichen Zug warteten. Unsere Blicke flogen hin und her. Sein Lächeln war geheimnisvoll und erobernd.

Ich lebte wie in einem immer wiederkehrenden Traum mit der Freude, ihn täglich zweimal zu sehen. Wie oft verpasste ich meinen Zug absichtlich, nur um in seiner Nähe zu sein. Unvermutet stand er eines Tages vor mir und sprach mich an. Vor Aufregung zitterte ich am ganzen Körper und mein Herz schlug wild. Ich wusste kaum, auf seine Fragen zu antworten. Georg überging meine Unsicherheit und war so verständnisvoll, wie ich es mir immer vorgestellt hatte. Seine Augen strahlten Ruhe aus. Viele kleine Sommersprossen zierten sein weiches Gesicht und ein Lächeln umspielte seine Lippen. Ich fühlte mich unendlich geborgen und sicher.

Wir trafen uns täglich und bei Regenwetter nahm er mich in seinem alten schwarzen Auto mit.
Mein Fahrrad schob er in den geräumigen Gepäckraum und band die Kofferhaube mit seinem Schnürband zu. Meine Mutter fing ihn eines Tages ab, um ein ernstes Wort mit ihm zu reden. Sie machte ihn auf mein Alter aufmerksam und bat ihn, mich nicht zu bedrängen, da ich noch so jung war. Georg war überaus verständnisvoll und hatte sich sogar bei meiner Mutter ins Herz geschlichen.

Ich lag oft in seinen Armen, behütet und geliebt, jedoch ohne Kuss und ohne jede intime Berührung. Es war eine sehnsuchtsvolle Zeit. Ich stellte mir Georg als Ehemann vor und als Vater meiner Kinder. Er musste nur noch einige Jahre warten. Wenn ich erst 19 Jahre alt wäre, so würden meine Eltern bestimmt erlauben, ihn zu heiraten. Meine Phantasie kannte keine Grenzen.

In den letzten zwei Wochen meiner Ferien sandten mich meine Eltern kurzfristig und unvorhergesehen zu ihren Freunden ins Ruhrgebiet. Die ganze Welt war gegen mich. Verstört verlebte ich dort die restlichen freien Tage. Als ich endlich zurück durfte, begrüßte mich meine Mutter sehr ernst. Ich solle jetzt stark sein, meinte sie. Georg hätte mir in einem Brief alles erklärt.

Still und angstvoll hatte ich mich in meinem Zimmer verkrochen und vorsichtig den Brief geöffnet. Mit sauberer Handschrift hatte mir Georg geschrieben, dass er heiraten müsse. Seine ehemalige Freundin, die er wegen mir verlassen hatte, sei schwanger. Die Hochzeit sollte schon im nächsten Monat stattfinden. Irgendwann, so schrieb er, würde mir sicher ein anderer Mann begegnen, den ich genau so lieb haben könnte wie ihn.

Es war das erste Mal seit vielen Jahren, dass ich weinte. Meine Mutter betrat das winzige Zimmer und ihre Stimme wurde laut. Ich solle mich nicht so anstellen. Ob ich mir nicht hätte denken können, dass ein 19jähriger junger Mann mehr wolle als Händchen halten. Sie hörte überhaupt nicht auf zu lamentieren. Mein grenzenloses Leid schien sie nicht zu kümmern, während meine Welt in tausend Scherben zerbrach.

Erst viel später erfuhr ich, dass Georgs und meine Mutter sehr lange über uns und unsere innige Freundschaft gesprochen hatten. Aber zur damaligen

Zeit waren wir erst mit 21 Jahren volljährig und hatten zu tun, was die Eltern für richtig hielten. Für Georg und mich gab es keine gemeinsame Zukunft mehr. Alle Sehnsuchtsträume waren zerplatzt wie Seifenblasen.

*

Meine Schritte führten mich an den kleinen Fluss, der diesen Ort in zwei Teile durchschnitt. Unterhalb der Brücke waren im schattigen Laub der Linden mehrere Bänke aufgestellt und ich beschloss, ein wenig innezuhalten und dem strömenden Wasser hinterher zu schauen.

Die Erinnerung trug mich zurück zu dem Tag vor vier Jahren, als ich Marcello zum ersten Mal sah. Das heißt, ich sah nur zwei wunderschöne braune Augen, die mich an Bernstein erinnerten, als ich das kleine Postcafé betrat, um mir einen Kaffee zu gönnen und mich von meinem langen Spaziergang durch die Berge auszuruhen.

Es war ein Sonntagnachmittag und wie immer war in dem Café nahezu jeder Platz besetzt. Die Luft war rauchgeschwängert und ich überlegte, ob es nicht besser wäre, zur Eisdiele zu gehen, die nur hundert Meter weiter mit einer großen Terrasse unter herrlich alten Bäumen zum Verweilen einlud. Ich entdeckte zum Glück einen großen Tisch am Fenster, an dem lediglich ein einzelner dunkelhaariger Mann saß.

„Ist dieser Platz noch frei?", fragte ich zögernd.
„Natürlich, Signora!" Die samtig dunkle Stimme ließ mich erröten. Ein freundliches Lächeln traf mich und verlegen setzte ich mich auf den Stuhl gegenüber. Meinen Kopf hielt ich gesenkt, meine Blicke suchten einen imaginären Haltepunkt. Was für ein Typ.
"Machen Sie Urlaub hier!" wollte er wissen.
Ich hatte keine Lust auf diese billige Anmache und wollte schon eine harsche Antwort geben, da sah ich in seine Augen, die so offen und interessiert aber auch belustigt schienen. Ruhig entgegnete ich, dass ich am Vortage angekommen sei und ein paar Tage Entspannung suchte. Es wäre mein erster Urlaub ohne Familie, gab ich vertrauensvoll Auskunft.

„Ihr Mann ist ein großer Dummkopf", meinte er lächelnd. „Wie kann er nur eine so schöne Frau alleine in Urlaub fahren lassen. Mein Gott, wie schön Sie sind!"
Er sah mich so begehrlich an, wie ich es noch nie erfahren hatte. Dieser Blick ließ mich erröten wie eine

Tomate, ich fühlte die Hitze unbarmherzig in meinem Gesicht.
„Sie dürfen mich ruhig ansehen", meinte er belustigt. „Ich finde es schön, wenn eine Frau nicht geschminkt ist. Ich liebe Frauen naturell".

Peng! Das saß. Schon wieder merkte ich, dass sich meine Wangen rot verfärbten. Wie lange war es her, dass man mir solche Dinge gesagt hatte. Hatte man mir überhaupt jemals derart einfache aber liebenswerte Komplimente gemacht?

„Sie sind Italiener?"

Mit meiner Frage kam ich mir zwar etwas albern, wenn nicht gelinde gesagt dämlich vor, aber ich war nicht bereit, noch mehr von diesem Süßholzraspler zu hören. Was hatte man uns schon in der Schule beigebracht? Vor Südländern solle man möglichst Reißaus nehmen. Den Blicken solle man ausweichen, denn sonst würden diese Männer sofort meinen, die Frau wäre liebesbereit und würde Interesse zeigen.

Zum Weglaufen war es jedoch zu spät und auf ein Gespräch hatte ich mich bereits eingelassen. Ich machte mir Mut und dachte mir, dass ich ihn schon loswerden würde. Schließlich war ich ja nicht auf den Kopf gefallen. Dass dieser Typ mir seine ganze Lebensgeschichte unterbreitete, damit hatte ich nicht gerechnet. Und so erfuhr ich in kürzester Zeit, dass er Sizilianer sei, geschieden, seit einigen Jahren in Wolfsburg leben würde und eine wunderschöne Lebensgefährtin hätte. Des Weiteren erfuhr ich, dass er jedes Jahr einmal in Urlaub fahren würde und dass er vor ein paar Jahren einen sehr schweren Unfall gehabt hätte. Ich solle mir keine Sorgen machen, wenn er einmal husten müsse und es eventuell bluten würde. Es wäre keine schlimme Krankheit, sondern die

Folgen eines schweren Unglücks in seiner Fabrik. Seither käme er jedes Jahr in dieses kleine Städtchen, um Kurlaub zu machen.
Seine Lebensgefährtin, die er nun plötzlich als *seine Frau* bezeichnete, hätte ihn damals liebevoll und wochenlang gesund gepflegt. Er wäre beinahe gestorben.

Er redete wie ein Wasserfall und ich fragte mich, ob er wohl jedem Menschen so viel Intimes bei der ersten Begegnung erzählen würde. Plötzlich bemerkte mein Gegenüber, dass ich immer noch nichts zu trinken bestellt hatte.
„Darf ich Sie zu einem Capuccino einladen oder trinken Sie lieber einen Espresso?", wollte er wissen.

Mir wurde vor Aufregung ganz schlecht. Zwischen allen Hausfrauenpflichten war ich noch nie alleine in einem Café gewesen und kannte derartige Getränke überhaupt nicht. Kleinlaut musste ich mein Unwissen preisgeben. Marcello strahlte mich an und meinte nur, dann müssten wir uns eben am nächsten Tag wieder treffen, damit ich diese Spezialitäten endlich kennen lernen würde. Er bestellte einen Capuccino für mich und freute sich sichtlich, als mir diese süße Köstlichkeit mundete. Während ich das heiße Getränk genoss, redete er ununterbrochen weiter.

Die wohlklingende melodisch samtige Stimme lullte mich ein. Ich schaute lediglich in bernsteinglänzende verheißende Augen, die mich warm aber auch begehrlich und durchdringend anschauten. Wie fast alle Südländer war er etwas übertrieben elegant gekleidet.
Die Haare, dunkelblauschwarz und glatt aus dem rundlichen Gesicht gekämmt, glänzten wie gelackt im einfallenden Sonnenlicht. Die schwarze Brille wirkte streng und kantig. Sie verlieh seinem Gesicht zu viel

Härte und stand überhaupt nicht im Einklang mit seiner Erscheinung. Plötzlich fühlte ich Marcellos Hand auf der meinen liegen.
„Ich freue mich sehr, dass ich Sie kennen lernen durfte", bemerkte er höflich. „Haben Sie heute Abend schon etwas vor? Möchten Sie gerne einen Wein trinken oder zum Tanzen gehen? Ich würde Sie gerne wiedersehen." Seine Augen verdunkelten sich. Erschrocken sah ich ihn an.

„Nein!" erwiderte ich brüsk. Ich würde mich nicht einfach mit jemandem, der mir fremd war, zum Tanzen verabreden. Wie er denn darauf käme. Erstaunt registrierte er meinen Ausbruch.

„Per favore, Entschuldigung", brachte er mühsam hervor. „Glauben Sie eigentlich, ich habe einen schlechten Charakter? Wollen Sie mich beleidigen? Ich bin verheiratet. Sind wir nicht erwachsen genug, um spazieren zu gehen und uns zu unterhalten. Ich liebe meine Frau sehr und sie ist sehr eifersüchtig, glauben Sie mir! Was spricht dagegen, wenn wir tanzen und lachen und Spaß haben!"

Oh weh, ich hatte ihn in seiner Ehre gekränkt. Das hatte ich natürlich nicht beabsichtigt. Ich wollte doch nur die Grenzen abstecken. Irgendwie kam ich mir ungeheuer dumm und unerfahren vor. Marcello hatte Recht. Was sprach gegen eine Verabredung? Warum sollten wir abends nicht etwas gemeinsam unternehmen?
Ich glaubte, genügend Menschenkenntnis zu besitzen, um diesen Mann in die Kategorie „ehrlich" einstufen zu können. Mir blieb also nichts anderes übrig, als mich zu entschuldigen.
Erleichtert bemerkte ich, dass er mir nicht mehr böse war, denn seine herrlichen Bernsteinaugen waren vor

Empörung dunkel, beinahe schwarz gewesen und fingen nun wieder an zu strahlen und zu funkeln.
„Dann bis heute Abend, Signora Jenny", lächelte er mich siegessicher an. Ich hole Sie um 20.00 Uhr vor dem Hotel ab."
„Aber Sie wissen doch gar nicht, wo ich wohne", entgegnete ich verblüfft.
„Doch, Bella", korrigierte er mich. „Ich habe Sie gestern bei Ihrer Ankunft ganz zufällig gesehen. Auch Ihren Mann und Ihre beiden Söhne. Ich wohne nämlich genau gegenüber in der kleinen Pension. Sie sehen, mir bleibt nichts verborgen. Bis heute Abend also. Ciao, Signora Jenny!"

Die Stunden bis zum Abend vergingen wie im Fluge. Ich hatte mich auf die Bank im Kurpark gesetzt und Kinder beobachtet beim Enten füttern. Die vielen verlieben Paare, die auf den schmalen Sandwegen flanierten, Händchen haltend und Zärtlichkeiten austauschend, entgingen ebenfalls nicht meiner Aufmerksamkeit.
Die Wärme der Herbstsonne hatte ich genossen und die klare Luft geatmet, die mir hier so leicht und rein erschien, als würde es auf der ganzen Welt keinen Smog und keinen Nebel geben. Ich fühlte mich frei und jung wie schon lange nicht mehr. Auf das Abendbrot würde ich heute verzichten. Zum einen wollte ich nach meinem Urlaub einige Pfunde weniger wiegen, zum anderen hätte ich vor Aufregung sicherlich keinen Bissen herunter bekommen. Ich hatte schließlich mein erstes Date seit über fünfzehn Jahren.

Sorgfältig hatte ich mich zurechtgemacht. Meine neue schwarze eng anliegende Hose, dazu ein resedagrünes Seidenshirt, die langen blonden Haare offen und lockig gekämmt, flache Schuhe, die zwar nicht zum Tanzen, dafür aber um so geeigneter zum Spazieren gehen waren, so kam ich die große Treppe herunter, einem ungeduldigen fast ein wenig zu sehr gestylten „Casanova" beinahe in die Arme laufend.

„Mamma mia, wie lange hat das gedauert", begrüßte er mich vorwurfsvoll und verdrehte die Augen.
Kein Wort kam über seine Lippen, mich oder mein Aussehen betreffend. Dabei hatte ich mir große Mühe gegeben, umwerfend auszusehen.
„Ich warte nun schon über eine halbe Stunde", grollte er mit mir, aber seine Augen verrieten, dass er bluffte.
„Warum sagen Sie nichts, Signora Jenny? Gefalle ich Ihnen nicht? Dabei habe ich mich extra geduscht, Haare sauber, mein Hemd gebügelt und nun sagen Sie nichts!"
Vorwurfsvoll schauten mich dunkle Augen an.

„Ach du meine Güte", durchfuhr es mich. Anscheinend war mein „Verehrer" ein ziemlich eitler Gockel! Ich entschied mich, erst einmal zu schweigen, denn schließlich wollte ich als Frau Komplimente erhalten und solche nicht an einen Mann verteilen. Vielleicht war ich auch ein wenig altmodisch.
„Nun kommen Sie schon", meinte mein Kavalier etwas beleidigt. „Wenigstens haben Sie flache Schuhe an. So bin ich nur etwas kleiner als Sie. Müssen Sie denn auch so groß sein!? Ich musste mir extra meine engen Stiefeletten anziehen, die haben einen Absatz. Wie kann man nur so lange Beine haben!"

Ich holte tief Luft. Das konnte ja heiter werden heute Abend. Da palaverte dieser ungehobelte Kerl dermaßen viel Blödsinn, nicht zu fassen.
„Also, ich finde meine Größe absolut o.k." erwiderte ich salopp. „Mit 1,72 m bin ich nun absolut keine Riesin. Außerdem dürfte es Ihnen sowieso nichts ausmachen. Glauben Sie, dass auch nur ein Mensch sich daran stoßen könnte, wenn ein Mann kleiner ist

als eine Frau. Und zweitens sind wir nicht miteinander verheiratet. Also, worüber regen Sie sich eigentlich so auf, wie ein kleiner Junge. Vielleicht verraten Sie mir endlich mal Ihren ganzen Namen, damit ich weiß, mit wem ich hier durch die Gassen ziehe!"

„Ich bitte um Entschuldigung", meinte er nun wieder etwas höflicher. „Ich heiße Marcello Venturo, bin 35 Jahre alt und 1,68 cm groß".
„Danke, das reicht!" lachte ich. „Sie müssen mir nicht auch noch Ihre Schuhgröße mitteilen. Aber, sind diese Stiefeletten nicht schrecklich unbequem?", wollte ich wissen.
„Was macht man nicht alles, wenn man wenigstens halb so groß sein möchte, wie Sie es sind Bella", stöhnte Marcello.

Die ganze Situation war schon irgendwie grotesk. Unvorstellbar, dass ein so charmanter gut aussehender Mann wegen ein paar Zentimeter Größenunterschied seine Selbstsicherheit verlor. Alles schien mir an diesem Abend rätselhaft. Wir schienen doch ein sehr ungleiches Paar zu sein. Neugierige Blicke der Passanten kamen mir wie Spießrutenlaufen vor. Marcello jedoch schien sichtlich zufrieden.

„Schauen Sie nur, wie neidisch die Leute uns anschauen", meinte er selbstgefällig. „Wir sind ja auch ein besonders schönes Paar!"

Ich war verunsichert und sah verstohlen zu den Menschen, die durch die enge Straße eilten.
Wir hatten Appetit auf ein Glas Rotwein bekommen und schauten uns nach einem passenden Lokal um. Vor einer Weinstube waren liebevoll Tische aufgestellt und mit Blumen und Kerzen dekoriert. Grüne Sonnenschirme gaben den Sitzplätzen Schutz und wirkten heimelig.

Wir setzten uns an einen der kleinen Tische, bestellten einen leichten Rotwein und genossen die Abendruhe, die langsam in den Gassen spürbar wurde. Die letzten Vögel sangen, bevor die Sonne hinter den Bergen verschwand.

Wir redeten nicht viel, schauten uns nur an und ich entdeckte die begehrende Leidenschaft in Marcellos Bernsteinaugen. Worte waren an diesem Abend überflüssig. Wir leerten unser Glas Wein und lauschten dem Abendlied des Windes. Behutsam nahm Marcello meine Hand und hauchte einen zarten Kuss auf mein Handgelenk. Welch eine Explosion meiner Gefühle! Ich schaute auf diesen Mund, der in mir so vieles aufrüttelte.

Der dunkle Schnurrbart war perfekt geschnitten und legte die Silhouette der schmalen aber gut geformten Oberlippe frei. Auch die Unterlippe war schmal und doch vermittelte sie Weichheit. Mit diesen Lippen streichelte Marcello Zärtlichkeiten über meinen Arm. Seine Berührungen verursachten in mir ein Feuerwerk.

Mein Herz klopfte rasend, meine Wangen erröteten und ich konnte kaum diesem magischen Blick seiner Augen widerstehen. Hatte ich jemals so intensiv gefühlt?

Marcello rückte mit seinen Stuhl ganz nah an mich heran und legte seinen Arm um meine Taille, während er mir mit seinem Gesicht immer näher kam. Noch hatte ich Zeit, auf Distanz zu gehen. Ein Zögern nur, dann spürte ich seine heißen fordernden Lippen auf den meinen. Sein zärtlicher und doch leidenschaftlicher Kuss ließ mich beinahe ohnmächtig werden. Die Welt versank um mich herum. Es gab nichts mehr außer Marcello und mir und diesem Kuss, der einfach nicht aufhörte. War alles nur ein Traum? Würde ich gleich aufwachen?

Nichts dergleichen geschah. Mein Körper und meine Seele waren in Aufruhr. Nie gekannte Begehrlichkeit tobte in mir, schien von mir Besitz zu ergreifen, während Marcellos Hand unter mein Seidenshirt glitt und fordernd jeden Zentimeter meiner Haut erforschte. Es dauerte eine ganze Weile, bis mein Verstand einsetzte und ich Marcello behutsam mit meinen Händen auf Distanz schob. Schweigend saßen wir nebeneinander, den Blick nicht voneinander los lassend. Der Wirt brachte uns ein zweites, drittes und viertes Glas Rotwein. Wir schwiegen uns an, küssten und berührten uns und genossen diesen zärtlichen, sinnlichen, erotischen Abend.

Es war schon spät, als wir uns erhoben und Marcello sich erbot, mich zum Hotel zurück zu bringen. Ich spürte, wie gerne er mit auf mein Zimmer kommen würde, doch so weit wollte ich nicht gehen. Ich war schon viel zu weit gegangen. Schließlich war ich verheiratet und Mutter. Ich hatte meinem Mann geschworen, ihn zu lieben und zu ehren, bis dass der

Tod uns scheidet. Meine Kinder brauchten eine Mutter, die Verantwortung trug. Sie vertrauten mir. Das alles konnte ich wegen einer Liebesnacht nicht aufs Spiel setzen. Schweren Herzens trennten wir uns vor dem Hotel. Marcello bat mich um ein Wiedersehen, er wollte mit mir eine Wanderung durch die Berge machen. Ein letzter leidenschaftlicher Kuss noch und dann ging ich schwebend und doch mit schwerem Herzen zurück auf mein Zimmer. Ich verbrachte eine unruhige Nacht. Meine Phantasie, meine Gefühle waren dermaßen durcheinander, dass ich nur ab und zu in einen barmherzigen aber kurzen Schlaf abglitt.

Bereits um 6.00 Uhr morgens war ich geduscht und angezogen und beschloss, das Hotel zu verlassen, um durch die noch ruhende kleine Stadt zu gehen und die klare Morgenluft zu genießen. Noch waren die Straßen menschenleer. Im flachen Land würde die Sonne bereits scheinen, jedoch die hohen Berge versperrten die Sicht. Das Tal lag noch im Halbdunkel und ruhte. Die ersten Vögel sangen und verkündeten einen sommerlichen warmen Tag. Wieder einmal führten mich die Schritte zu dem Ginkgo im Stadtpark und ich lehnte mich sanft an ihn, um ihm dann leise von meinen Gefühlen zu erzählen. Der Baum schwieg, aber ich fühlte die Liebe und Wärme, die er mir entgegen brachte. Ruhe und Geborgenheit erfüllten mich. Ich fühlte mich wieder eins mit der Natur, spürte leichten Wind, der meine Haut kühlte und ging langsam zurück, um ein üppiges Frühstück zu verzehren. Außerdem freute ich mich auf eine starke Tasse Kaffee, der sicherlich meine Lebensgeister stärkte.

Ich war der erste Gast im Frühstücksraum. Niemand war da, der mich in meinen Gedanken störte. Ich genoss die Ruhe, die nur ab und zu vom Klappern des Geschirrs aus der Küche unterbrochen wurde. Gerade hatte ich in mein leckeres Brötchen gebissen, als ich vor dem Hotelfenster Marcello auf- und abgehen sah. Wieder schlug mein Herz vor Aufregung bis zum Hals. Gönnte mir dieser Filou nicht einmal meine Frühstücksruhe. Und warum konnte er nicht bis zu unserem verabredeten Zeitpunkt warten. Die Ruhe war dahin. Rasch trank ich meine Tasse leer, packte ein zweites leckeres Brötchen vorsichtig in meine Serviette und eilte nach draußen.

„Amore mio!" begrüßte mich Marcello überschwänglich. „Ich habe es einfach nicht mehr ausgehalten ohne dich! Die ganze Nacht habe ich kein Auge zugemacht. Ich habe nur an dich gedacht. Oh, ich liebe dich, Bella, in Gedanken warst du die ganze Nacht bei mir. Du hast in meinem Herzen ein Feuer entfacht. Ich bin nicht mehr normal, hörst du!"

Mit gespielt verzweifeltem Gesicht schaute er mich an.
„Ich muss verrückt sein, so früh am Morgen auf dich zu warten. Verzeihst du mir? Hast du schon gefrühstückt?" Seine Worte bezeugten sein ungestümes Temperament.
„Ja, Marcello", antwortete ich mühsam. „Ich hätte gerne zu Ende gefrühstückt. Außerdem können wir noch nicht los wandern. Ich bin noch nicht richtig angekleidet."

„Oh, das macht nichts, Bella", raunte er. „Ich komme mit und warte, bis du fertig bist."
„Du kannst hier in der Lounge warten, mein Lieber. Sonst kommst du noch auf dumme Gedanken. Ich bin ja gleich wieder hier und dann können wir auch schon los."

„Aber Bella, du kannst mich doch hier nicht sitzen lassen wie einen Hund", meinte Marcello pathetisch.
„Ich bin auch wirklich ganz lieb und ruhig. Aber lass mich bitte mitkommen."

Widerwillig gab ich nach. Marcello hielt mir höflich die Türen auf und benahm sich vorbildlich zurückhaltend. Etwas beruhigt schloss ich die Tür zu meinem Zimmer auf und ging zum Kleiderschrank, um geeignete Wanderbekleidung auszusuchen, während Marcello am Fenster in einem gemütlichen Sessel Platz nahm. Mit einer braunen Jeans und fröhlich buntem Pullover wollte ich gerade ins Badezimmer eilen, als Marcello mich unvermutet umarmte. Ich hatte nicht bemerkt, dass er wieder aufgestanden war. Seine Hände glitten zärtlich aber bestimmend über meinen Körper. Sein Atem ging schwer. Ich fühlte mich vollkommen überrumpelt. Seine Lippen forderten einen tiefen innigen Kuss und seine Kräfte schienen keine Gegenwehr zuzulassen. Ohne ein Wort zog er mich auf das noch ungemachte Bett. Seine Leidenschaft mit gleichzeitig fordernder Entschlossenheit sprang auf mich über. Seine Hände erforschten zielsicher alle verborgenen Geheimnisse meines Körpers und waren dabei voller nie erlebter Zärtlichkeit. Zum ersten Mal in meinem Leben erlebte ich die ungezügelte Hitze und Leidenschaft eines liebenden Mannes, bei dem ich endlich ganz und gar Frau sein durfte. Immer wieder liebten wir uns. Die Zeit ging schon auf Mittag zu, als wir endlich erschöpft voneinander abließen.

„Mamma Mia", stöhnte Marcello nach einem kurzen Blick auf seine Armbanduhr, „ich habe meine Anwendung vergessen. Ich hätte doch um elf Uhr eine Inhalation gehabt und müsste danach zur Reflexzonentherapie. Außerdem muss ich mich um vierzehn Uhr beim Autogenen Training melden. Es tut mir so leid, Bella, aber ich lasse dich jetzt alleine. Treffen wir uns um sechzehn Uhr in der Eisdiele? Bitte sei mir nicht böse, aber ich brauche die Anwendungen dringend!"
Er gab mir einen zärtlichen Kuss in den Nacken und ließ mich mit all meinen schönen Empfindungen und

Träumen alleine zurück. Ich wusste: Dieser Morgen mit allen neuen und wundervollen Erfahrungen würde von nun an mein ganzes Leben verändern.
Diese Urlaubstage vergingen wie ein einziger Traum. Zwischen Besuchen im Schwimmbad, langen Spaziergängen, wunderschönen Tanzabenden und Marcellos Kur-Anwendungen liebten wir uns, wann immer es möglich war. Doch dann kam unser letzter gemeinsamer Tag.

Bereits am Donnerstagabend waren wir in gedrückter Stimmung. Unsere Trennung stand bevor. Marcello würde am nächsten Tag nach Hause fahren und Jürgen wollte am Samstag kommen, um mich abzuholen. Wir hatten verdrängt, dass unser Glück nur ein Glück auf Zeit bedeutete und beschlossen, in Verbindung zu bleiben, miteinander zu telefonieren, so oft es eben ging und uns im nächsten Jahr wieder zu treffen. Ein letztes Mal liebten wir uns voller Inbrunst und Zärtlichkeit, hielten uns in den Armen und weinten gemeinsam. Der Schmerz war kaum auszuhalten, als ich Marcellos Auto am Freitagmorgen nach dem Frühstück hinterher schaute. Lautlos liefen meine Tränen nach innen. Mein Leben verdunkelte sich wie das Wetter. Ich schaute zum Himmel. Ein schweres bedrohliches Gewitter nahte und entlud sich nur kurze Zeit später mit Sturm und Hagel.

An diesem Morgen war mir, als ob auch meine Welt unterginge. Schweren Herzens fing ich an, meine wenige Urlaubsbekleidung in den Koffer zu packen. Ich musste zurück in meine lieblose Welt, in das Haus in der Saubermann-Straße, meine Pflichten erfüllen und meinen Kindern eine gute Mutter sein. Die letzten Stunden des Tages zogen sich endlos dahin.

Bereits am frühen Vormittag traf Jürgen mit unseren Jungen im Hotel ein. Er drängte sofort zur Heimfahrt.

Meine Söhne waren enttäuscht. Sie hätten sich gerne ein wenig umgeschaut in diesem Ort, sie hatten Appetit auf ein leckeres Essen, auf ein Eis, aber für solche Wünsche hatte Jürgen kein Verständnis. Er wollte mich lediglich abholen und meinte, wir könnten daheim noch eine Kleinigkeit essen. Schließlich ließ er sich doch erweichen, den Kindern eine Tüte Pommes zu spendieren, dann traten wir unverzüglich die Heimreise an.
Eine Woche später ereilte mich ein Anruf von Marcello. Unter Tränen erzählte er mir, dass sein Vater plötzlich verstorben sei und er unverzüglich Deutschland verlassen müsse, um die Firma seines Vaters zu leiten. Immer wieder beteuerte er mir seine Liebe, während meine letzten Hoffnungen zerbrachen. Ich würde Marcello niemals wieder sehen.

\*

Langsam tauchte ich auf aus meiner Erinnerung an Marcello. Es war kühl geworden. Der Herbstwind ließ goldene Blätter tanzen. Mein Magen knurrte leise. Ich hatte die Zeit vergessen in meinen sentimentalen Träumen. Von Ferne klangen die Glocken der Kirche durch das Tal. Ich ging zum Marktplatz zurück, um in meinem Lieblingsrestaurant Pfifferlinge und Knödel zu essen. Diese Leckerei konnte ich mir nicht entgehen lassen. Das alte Hotel war gemütlich und urig eingerichtet. Nur wenige Gäste saßen dort. Nachdem ich bestellt hatte, lehnte ich mich zurück und dachte an meine zweite Liebe.

Als ich fünfzehn Jahre alt war, begegnete mir Jan. Es war Sommer und wie so oft verbrachte ich die Ferienzeit im nahe gelegenen Heidestrandbad.
Jan lag neben mir auf seinem alten Badetuch im warmen weichen Sand. Blonde Haare ließen sein

sonnenverbranntes Gesicht noch roter erscheinen, als es schon war. Die himmelblauen Augen strahlten mich an. Sein offenes Lachen war ansteckend. Er hielt mir einen Orangensaft hin und fragte, ob ich Lust auf eine Erfrischung hätte. Groß und muskulös war Jan, sehr hellhäutig und ohne Haare auf der Brust. Er trug eine goldene Kette mit einem sehr schönen Pferde-Anhänger aus Gold. Da Männer gewöhnlich Tierkreiszeichen oder Anker als Kettenanhänger bevorzugen, fragte ich nach der Bedeutung. Jan erklärte mir, dass ihm dieser Anhänger von seiner Oma geschenkt wurde. Seine Oma liebte Pferde, sie bedeuteten für sie Freiheit. Und so meinte sie, ihm mit diesem Anhänger ein Stückchen Freiheit zu schenken.

Jan und ich verstanden uns auf Anhieb. Er war erstmals ohne seinen Freund Karsten zum Schwimmen gegangen, ich war zum ersten Mal ohne meine Freundin Susi unterwegs. Den ganzen Tag waren wir geschwommen, hatten gelacht und unsere Badetücher zusammen geschoben. So lag ich am späten Nachmittag bereits mit meinem Kopf auf seinem Arm. Alles war so vertraut, so selbstverständlich. Wir trafen uns fortan täglich, die Sommerferien dauerten schließlich einige Wochen und wir freuten uns auf unsere Wiedersehen.

Jan war der erste Mann, der meinen Körper berühren durfte. Mehr lag allerdings nicht drin. Ich merkte, wie es ihn quälte, dass ich nicht mehr Nähe erlaubte. Mit meinen fünfzehn Jahren wirkte ich schon sehr fraulich, wohlgeformt und weiblich. Er schätzte mich auf achtzehn Jahre. Wild entschlossen, als Jungfrau in die Ehe zu gehen und mich für meinen zukünftigen Ehemann aufzuheben, wies ich jeden weiteren Versuch, mir körperlich näher zu kommen, von mir. Jan bemerkte nicht, wie schwer mir das fiel und war voller Ungeduld.

Eines Tages erwischte uns meine Mutter beim Austausch von Zärtlichkeiten. Sie wurde fuchsteufelswild und verbot uns jeglichen Kontakt. In ihren Augen war ich zu jung und ihrer Meinung nach waren wir zu weit gegangen. Dabei hatten wir nur im dunklen Auto gesessen und Jan hatte seine Hände eben überall, nur nicht am Lenkrad.
So viele Jahre später konnte ich natürlich darüber lachen. Damals allerdings war mir eher zum Heulen zumute und ich verstand die Welt nicht mehr. Unsere Freundschaft war beendet, eine Zukunft gab es für uns nicht und für die letzten Wochen der Ferien gab es zusätzlich Schwimmverbot. In den Augen meiner strengen Mutter hatte ich Hurerei, wie sie sagte, betrieben.

\*

Ich wurde aus meiner Erinnerung gerissen, der Küchenchef persönlich servierte mit einem Lächeln die leckere Speise und wünschte mir einen guten Appetit. Durch ein kleines Fenster konnte ich auf den Marktplatz schauen. Nur wenige Menschen waren auf der Straße. Ich fühlte mich einsam.

Nach einem starken Espresso als Nachtisch machte ich mich auf den Weg zum Diebesturm. Wie oft schon war ich die steilen Stufen hinauf gestiegen und hatte den Blick über die Dächer des Ortes bis hin nach Asbach genossen. Der Himmel hatte sich bewölkt. Ab und zu schien die herbstliche Sonne fahl durch kleine Wolkenfenster, Hoffnung verheißend. Nachdem ich die enge Treppe erklommen hatte, blieb ich schwer atmend an der Brüstung stehen und blickte über die vertraute Altstadt. In meinen Gedanken tauchte

plötzlich Gregor auf, der Mann, der mir so viel bedeutete und der mir so wehgetan hatte:
Im letzten Jahr hatte ich meinen Urlaub in den August verlegt. Im Internet hatte ich gelesen, dass am dritten Wochenende dieses Monats ein großes Erntefest gefeiert würde. So etwas hatte ich noch nicht erlebt und so freute ich mich bereits Monate lang auf dieses bevorstehende Erlebnis. Endlich war es so weit. Ich hatte ein günstiges Zimmer bei „Lotte" im Kronenwirt angemietet, das einzige, das zu dieser Zeit überhaupt frei war. Welch einen Glückstreffer hatte ich gelandet! Das kleine Zimmer mit nachträglich eingebauter Dusche war rustikal eingerichtet. Der Blick aus dem Fenster zeigte auf die Kirchstraße, die durch den beschaulichen Ort führte. Und dann das üppige Frühstück.

Liebevoll waren die Tische gedeckt. Emsig lief Lotte zwischen Küche und Frühstücksraum hin und her, um ihren Gästen alle Wünsche von den Augen abzulesen. Ich staunte. Welch köstliche Leckereien waren am Buffet aufgebaut. Vom ersten Moment an fühlte ich mich wie zu Hause. Ich war mit dem Auto angereist und hatte einen kleinen Parkplatz in sichtbarer Nähe schräg gegenüber.

Die Straßen waren mit Strohgirlanden festlich geschmückt, überall hingen Erntekronen. Der ganze Ort schien von großer Erwartung und Unruhe geprägt. Wundervoll sah der nahe gelegene Marktplatz aus. Von der Mitte aus waren strahlenförmig lange Erntekranzgirlanden gespannt, der Brunnen war festlich dekoriert, überall hingen blaue und rote Fähnchen.
Ich beschloss, einen langen Rundgang durch den Ortsteil zu machen. Weit kam ich jedoch nicht, denn nur ein paar Häuser weiter befand sich eine Pizzeria. Dort waren Bänke aufgestellt und unter großen blauen

und grünen Sonnenschirmen konnte man einzelne freie Plätze ergattern. Es war ein heißer Nachmittag. Die Sonne staute sich im Werratal und kein Lüftchen wehte.

Ich setzte mich an einen der langen sauber gescheuerten Tische, mitten hinein in eine fröhliche Gruppe. Mir gegenüber saß ein großer Mann mit schütteren Haaren und einem runden freundlichen Gesicht. Ein Grübchen zierte sein Kinn, die Augen strahlten blaugrün und seine Mundwinkel zeugten von häufigem Lächeln. Schon kurze Zeit später waren wir in ein Gespräch verwickelt.

Gregor war Pole, lebte seit Jahren im Ruhrgebiet und war für drei Wochen hier zur Kur. Er fühlte sich sichtlich wohl und schwärmte von seiner Klinik in den höchsten Tönen. Die vielen Anwendungen dort ermöglichten ihm, weitgehend frei von Schmerzen zu sein. Er erzählte von seiner Frau und seinen beiden Kindern, die leider dieses Fest nicht miterleben konnten, da seine Frau keinen Urlaub bekommen hatte. Da auch ich alleine war, beschlossen wir, den Abend gemeinsam zu verbringen, durch die Straßen zu gehen und uns ein Bier und eine Bratwurst zu genehmigen. Welch eine schöne Idee.

Wir trafen uns abends am Marktplatz. Um 20.30 Uhr sollte von dort aus ein Fackelzug durch den Ort gehen. Viele Schaulustige säumten die enge Straße. Feuerwehr und Musikkapellen sammelten sich eben so wie Kinder, Jugendliche, Uniformierte und viele weitere Mitläufer. Und dann ging es endlich los! Die Musik des Spielmannszuges hallte durch die enge Straße. Es war eine atemberaubende Akustik. Nach einer Weile, der lange Menschenzug schien kein Ende zu nehmen, liefen auch wir hinterdrein. Der Weg führte an die Werra. Überall waren Fackeln und Kerzen aufgestellt und ausgelegt. Ein Fest für die Sinne.

Wir genossen den Abend in vollen Zügen. Auf der Werra fuhren kleine Boote und überall wurden in kleinen Papierbechern Teelichter zu Wasser gelassen. Der Fluss war illuminiert. Am anderen Ufer gab es ein bengalisches Feuerwerk und tauchte die Dunkelheit in wundervolles Licht. Dann wurde es noch feierlicher. Dicht an dicht standen die Besucher des Festes und warteten auf den Zapfenstreich. Schließlich ertönte die Melodie „Ich bete an die Macht der Liebe" und Gregor und ich hielten uns an den Händen, dicht aneinander geschmiegt und hatten vor Rührung Tränen in den Augen. Oh, wie liebte ich Männer, die stark genug waren, ihre Gefühle zu zeigen.

Die Musik verstummte. Ergriffen und schweigend folgten wir dem Strom der Menschenmassen zum Zeltplatz. Wie kleine Kinder kauften wir uns an den zahlreichen Buden Waffeln, Zuckerstangen und Bratwurst. Wir ergatterten Lose mit Nieten, warfen

Pfeile auf Luftballons und Bälle nach Dosen. Leider trafen wir auch die Röhrchen an der Schießbude nicht. Gregor erhielt zum Trost eine kleine rote Rose, die er galant an mich weiter gab. Wir beschlossen, noch eine Weile in das große Festzelt zu gehen, ein Bier zu trinken und zu tanzen.

Gregor war eine stattliche Erscheinung, groß, breitschultrig, athletisch gebaut. In seiner Nähe fühlte ich mich geborgen. Sein rundes freundliches Gesicht erinnerte stark an meine Familie, die ursprünglich in Ostpreußen beheimatet war und im zweiten Weltkrieg über die Ostsee geflohen war. Sein Dialekt war vertraut, seine Stimme dunkel und sanft, seine Berührung tat gut und wir fanden uns schon bald im Tanze schwebend und harmonisch aufeinander eingehend.

Es war ein wundervoller Abend, der letztendlich mit einem leichten Kuss auf die Wange endete. Liebevoll hatte Gregor mich an sich gedrückt. Geborgenheit hatte ich immer vermisst und so gab ich mich diesem Gefühl hin und genoss es einfach. Zu später Stunde beschlossen wir, auch den nächsten Tag gemeinsam zu verbringen und uns wieder am Marktplatz zu treffen. Es sollten zahlreiche Darbietungen geben. Auf den Plakaten, die überall in der Stadt verteilt hingen, waren Volkstanz- und Trachtengruppen angekündigt, Reiterherolde würden kommen und die Erntekrone, der Bürgermeister würde eine Rede halten und vieles mehr. Dieser Tag versprach Abwechslung und Frohsinn.

Am nächsten Tag hatten wir große Mühe, uns zu finden. Die Menschenmassen waren einfach zu groß. Zum Glück war Gregor ein Riese zwischen den etwas kürzer gewachsenen Hessen und so sah ich ihn nach fast einer Stunde Wartezeit auf mich zu eilen. Er hielt

zwei große Glas Festbier in den Händen und wir genossen diese kühle Erfrischung in vollen Zügen.
Bis zum Ende der Darbietungen standen wir Hand in Hand wie ein Liebespaar, schauten und staunten und genossen die vertraute Nähe, was uns aber auch seltsam vorkam. Wir beschlossen, noch ein wenig durch den Ort zu gehen und außerdem auf den Diebesturm zu steigen, um dem Trubel für eine Weile zu entgehen. Lange standen wir dort oben. Die Aussicht war grandios bei klarer Sicht und Sonnenschein.

Gregor hatte sich hinter mich gestellt und hielt mich sanft aber fest umschlungen. Ihn in meinem Rücken zu spüren empfand ich gleichwohl vertraut wie erotisch. Ein Jahr ohne körperliche Nähe und Intimität lag hinter mir und ich genoss diesen wohligen Schauer, der mich überfiel. Gregor schien es ebenso zu ergehen. Er wiegte mich sanft in seinen Armen. Die Welt lag uns zu Füßen – es war wie im Traum. Wie selbstverständlich gingen wir anschließend auf mein kleines Zimmer. Gregor wollte sich lediglich ein bisschen frisch machen und verschwand in der Miniaturdusche, um dann unbekleidet zu mir ins Zimmer zu treten.

Ich fühlte mich total überrumpelt. Diese Situation war absolut ungewöhnlich. Er wollte mit mir nicht schlafen, denn fremdgehen, wie er sagte, käme für ihn nicht infrage. Doch Gregors Zärtlichkeit kannte keine Grenzen. Langsam zog er mich aus und wir legten uns nebeneinander auf das geräumige Doppelbett. Seine Hände streichelten und berührten meinen ganzen Körper, der voller Leidenschaft entbrannte. Seine Liebkosungen ließen keinen Zentimeter meiner Haut ohne Zärtlichkeit. Ich brannte vor Verlangen, doch es blieb lediglich bei den Berührungen. Ich hätte wer weiß was dafür gegeben, mit ihm auch den letzten

Schritt zu gehen, aber Gregor blieb hart gegen sich selbst und gegen mich. Wir ließen uns treiben auf dieser Welle des Verschmelzens und schließlich hielt er mich im Arm und sang mir leise ein polnisches Wiegenlied seiner Großmutter vor. Wie soll ich das jemals beschreiben. Es war eine total verrückte Situation. Erst zu später Stunde ließen wir voneinander ab und nahmen uns weitere Treffen für die nächsten Tage vor.

Diese Zeit war wundervoll, gefüllt mit Gefühl, Liebe und Achtung. Gregor überhäufte mich mit kleinen Aufmerksamkeiten und kaufte mir eine silberne Kette mit einem wunderschönen Edelstein. Voller Stolz und Liebe legte er sie vorsichtig um meinen Hals. Einen Mann wie Gregor hatte ich mir immer gewünscht. Leider war er in festen anderen Händen. Wie fest diese waren, konnte ich am vorletzten Tag meines Kurzurlaubs erfahren. Seine wunderschöne kleine rassige Ehefrau trat bestimmend und energisch auf mich zu. Sie beschimpfte mich nicht, sondern legte mir ihren Standpunkt eindeutig dar. Mit weiblicher Intuition hatte sie die Situation sofort erfasst.

Liebe lässt sich bekanntlich nicht verbergen. Melanie, wie sie hieß, hatte Gregor mit ihrem Besuch überraschen wollen und uns Händchen haltend in der Nähe des Festzeltes entdeckt. So nahm unsere leidenschaftliche Beziehung ein jähes Ende. Allerdings wollte ich mich vor meiner Abreise noch gerne von Gregor verabschieden. Zu meiner großen Bestürzung ließ er sich am Telefon verleugnen. So wartete ich in der Kurklinik kurz vor Mittag an der Rezeption auf ihn. Wutentbrannt eilte er mit großen Schritten auf mich zu.

„Was willst du von mir?" herrschte er mich an. „Willst du meine Ehe zerstören? Glaubst du etwa, ich verlasse

meine Frau wegen so einer wie dir?" schnaubte er verächtlich.
Noch nie zuvor war ich dermaßen gedemütigt worden. „Wegen einer, wie mir...", diese Worte würde ich nie vergessen. War das noch der Mann, der mir gesagt hatte, so glücklich wie mit mir sei er noch nie in seinem Leben gewesen. Dieser Mann, der mich mit Aufmerksamkeiten und Zärtlichkeit überhäuft hatte, demütigte mich tief. Ohne ein weiteres Wort drehte ich mich um und trat aus der Klinik in die Wärme der Mittagsonne. Ich setzte mich in mein Auto und weinte hemmungslos. Nie wieder, so beschloss ich damals, würde ich einem Mann vertrauen.

Es schien mir, als wären alle Gefühle in mir erstorben. Ich hatte mehr verloren, als ich glaubte, jemals besessen zu haben – mich selber, meine Ehre, meine Liebe, meine Selbstachtung. Ich fühlte mich beschmutzt, benutzt und grenzenlos alleine.

Als ich mich wieder beruhigt hatte fuhr ich zu der kleinen Kirche im Kurviertel. Bereits auf dem Vorhof der Kirche drangen Orgeltöne an mein Ohr. Der Organist probte einige schwierige Passagen. Ich öffnete leise die schwere Eichentür und trat ein in die schattige Kühle des Raumes.

Ich hatte schon oft diese Kirche besucht, um alleine zu beten oder den interessanten Predigten des Pfarrers zu lauschen. Leise ging ich Richtung Altar und setzte mich auf meinen Lieblingsplatz auf der linken Seite. Mein Herz war schwer. Still saß ich nun, lauschte den Orgelklängen und betete, während mir immer noch die Tränen über die Wangen liefen.

\*

Langsam tauchte ich aus meiner Erinnerung auf in die Gegenwart des Tages. Wie lange ich dort oben gestanden hatte, ich wusste es nicht. Die Tränen der Vergangenheit lagen noch kühl und feucht auf meinen Wangen. Entschlossen wischte ich sie fort. Mir war kalt geworden. Langsam stieg ich die Stufen des Diebesturms hinab. Das leuchtende Gelb der noch belaubten Bäume streichelte wie Balsam meine Seele. Ich ging zurück über die alte Werrabrücke, um erneut die kleine Kirche im Ortsteil Sooden aufzusuchen und dort endlich Ruhe zu finden und auch mit dieser Episode meines Lebens abzuschließen. Die schwere Holztür knarrte leise, als ich sie vorsichtig öffnete.

Der große Raum war dunkel und menschenleer. Bis abends die Kirchentür durch den Küster zugeschlossen würde, hatte ich genügend Zeit für innere Einkehr. Die heilige Stille umfing mich sanft.
Wieder setzte ich mich auf meinen mir liebsten Platz, um zu beten. Ich spürte sofort tiefe aufsteigende Ruhe und betete laut das „Vater unser". Meine eigene Stimme rührte mich an, wie sie laut und fest in dem leeren Raum erhallte. Ich nahm mir ein Gesangbuch und suchte das Lied „Bis hierher hat mich Gott gebracht", doch nach der ersten Strophe verstummte ich wieder.

„Bitte, mein Vater, hilf mir, mich mit meiner Vergangenheit zu versöhnen. Hilf mir, neue Wege vertrauensvoll zu gehen. Bitte, Herr, bleibe bei mir. Und wenn ich auch Fehler mache, bitte, verzeihe mir und bitte, lass meine Hand nicht los!" betete ich inbrünstig.

Meine Gedanken schwebten zurück zu der Zeit, als Jürgen und ich noch glücklich miteinander verheiratet waren. Unser erster Sohn wurde geboren und wir waren so stolz auf ihn und uns. Wir bauten uns ein schönes Haus. Dann kam ein verhängnisvolles Schützenfest, das wir mit unseren Bekannten Uta und Harald feiern wollten. Vom Festplatz aus gingen wir zu später Stunde zu unseren Bekannten nach Hause. Wir tranken noch ein Bier und dazu einen Weinbrand. Jürgen war schon sehr angeheitert. Auf einmal war er mit Uta verschwunden. Ich fragte Harald nach dem Verbleib der beiden, da hörte ich auch schon Uta im Nebenzimmer orgastisch stöhnen.

Der ungewohnte Alkohol benebelte meine Sinne. Ich war verwirrt und geschockt. Nie hatte ich beim Liebesspiel einen Orgasmus erlebt. Was nur hatte Uta, das ich nicht hatte. Ich kam mit meinen Gedanken nicht weiter, denn kurze Zeit später fühlte ich Haralds Hände auf meinem Körper. Sein zärtlicher Mund versprach Zärtlichkeit und Trost. Er zog mich sanft in ein angrenzendes Zimmer und durch die Umstände total überrumpelt leistete ich keinen Widerstand und gab mich ihm hin.

Obwohl Jürgen nahezu jeden Tag zu Uta nach Hause fuhr, wollte ich unserem Sohn zuliebe unsere Ehe aufrechterhalten. Ich kämpfte um ihn und gewann. Doch nach der Geburt unseres zweiten Sohnes rührte mein Mann mich nicht mehr an. Wir führten fortan eine kameradschaftlich freundliche Beziehung, mehr nicht. Und so ging es scheinbar endlose vierzehn Jahre lang...

*

Unsanft wurde ich aus meinen Gedanken gerufen. Der Pfarrer war hinter mich getreten und sprach mich an.
„Geht es Ihnen nicht gut?" fragte er.
„Doch, Herr Pfarrer, es ist alles in Ordnung", erwiderte ich leise.
„Es ist nicht gut, wenn Sie hier so alleine sitzen", sprach er weiter. „Haben Sie denn nicht in der Zeitung gelesen, dass schon wieder eine Frau in der Kirche überfallen und getötet wurde?"
„Aber", so entgegnete ich, „wo bin ich denn in Sicherheit, wenn nicht im Hause meines Vaters?"

Der Pfarrer schüttelte verständnislos den Kopf und ließ mich wieder alleine. Ich saß noch eine kurze Weile, doch fand ich meine Ruhe nicht wieder. So stand ich auf und verließ die Kirche schnell, fast fluchtartig.

Die letzten Sonnenstrahlen fielen in das Tal und ich suchte mir fröstelnd eine Bank im Park. Vor zwei Jahren hatten mich beim Brunnenfest mehrere Männer angesprochen und um eine Verabredung gebeten. Ich lebte gerade in Scheidung und hatte gestrichen die Nase voll von den so genannten Herren der Schöpfung. So bestellte ich für den Nachmittag fünf aufdringliche Verehrer an verschiedene Plätze des Ortes und musste zur verabredeten Zeit daran denken, dass einer von ihnen auf dem Flohmarkt, der zweite auf dem Franzrasen, der dritte vor der Pizzeria, der vierte an den Soleteichen und der fünfte auf dem Marktplatz auf mich wartete.

Mit Roberto, der mir am nettesten erschien, war ich dann durch die Straßen gezogen. Er sah einfach elegant aus in seinem roten Sakko und schwarzer Hose. Ich hatte mich passend dazu gekleidet, und einen schwarzen langen Rock und eine luftige weiße Bluse gewählt.
Wir gaben ein schönes Paar ab, aber ich dachte nicht im Traum daran, ihm irgendwelche Hoffnungen zu machen. Als Roberto dann unverhofft zudringlich wurde, floh ich in die kleine Kneipe Amadeus. Der Wirt war ein Gentleman und rief mir sofort ein Taxi, das mich zu meiner Pension brachte.
Von meinem aufdringlichen Verehrer habe ich zum Glück nie wieder etwas gehört. Aber lustig war es schon, als der Wirt ihn am Hemd packte und festhielt, damit ich unbeschadet das Weite suchen konnte. Es war wie schon so oft in meinem Leben, was Männer betraf. Ich hatte einmal mehr aus dem Lostopf eine Niete gezogen.

*

Die Dunkelheit füllte langsam das Tal. Mir war kalt und hungrig war ich auch. Ich fuhr zurück zu meinem

Lieblingsrestaurant am Marktplatz und bestellte dort ein leckeres Schnitzel mit Pommes. Meine Seele verlangte nach einfacher Kost, bevor ich mich auf den Weg zum Hotel machte. Anschließend schlenderte ich durch einige der wunderschönen Gassen. In der Ackerstraße entdeckte ich auf einem Schild, dass der dortige Blumenladen zu verpachten sei und auf einmal wusste ich, was ich zu tun hatte. Die nächsten Tage würden für mich Veränderungen herbeiführen. Mein Leben hatte wieder eine Zukunft.

### *Wie es mir heute geht?*

Ich habe meine Naivität abgelegt, ebenso den Namen Jenny. Heute nennen mich alle bei meinem vollständigen Namen, nämlich Jennifer. Mein blonder Lockenschopf ist einer Kurzhaarfrisur gewichen. Meine Haare sind schwarz gefärbt. Ich trage karierte Blusen zu blauen Jeans und die Ärmel sind meist hochgekrempelt. Ich bin Besitzerin eines kleinen Blumengeschäftes in der Ackerstraße.

Ich habe gelernt, Kränze zu binden und fertige wunderschöne Blumenarrangements. Viele Leute schätzen meine Ideen zur Gestaltung von Festen und Hochzeiten. Erst kürzlich wurden meine neuen Freunde Manfred und Carla getraut. Ich durfte dieses schöne Fest mit herrlichen Blüten schmücken und über den grandiosen Brautstrauß redet man noch heute in der Stadt.

Ich bin geschätzt für meine Orchideenzucht und mein glückliches Händchen mit allem, was blüht und grünt. Ich rede mit meinen Pflanzen und sie danken es mir mit ihrer Schönheit. Nahezu jeden Abend besuche ich meinen Freund, den Ginkgo. Gestern Abend traf ich dort einen grauhaarigen eleganten Herrn, der genau wie ich dem Baum Geheimnisse anvertraute. Wir kamen kurz ins Gespräch. Auch er geht nach herben Enttäuschungen seinen Weg alleine.

Vielleicht heilt die Zeit auch alte Wunden.

Vielleicht treffen wir uns morgen wieder unter dem Baum.

**Vielleicht...**

Brigitte Anna Lina Wacker wurde 1953 in Voigtding, jetzt Wingst, geboren. Sie lebt und arbeitet als freischaffende Künstlerin in Cuxhaven.

| | |
|---|---|
| 1987 - 1990 | regelmäßige Teilnahme an VHS-Kursen in Bremervörde und Bederkesa |
| 1990 - 1991 | Besuch der Malschule von Minke Havemann, Hagenah |
| seit 1992 | Durchführung von Aquarell-Kursen im eigenen Atelier und Schülerausstellungen |
| 1993 - 2013 | Dozentin an der Volkshochschule Stade/ Fredenbeck |
| 1993 - 2008 | Dozentin an den Volkshochschulen Eschwege, Witzenhausen und der ABS Selsingen |
| 1996 | Änderung der Signatur |
| seit 2004 | Aquarell-Kurse für Urlauber, Kurgäste und Malgruppen |
| Juni 2006 | Eröffnung der Atelier-Galerie „Malerstübchen" in Bad Sooden-Allendorf mit Aquarellkursen und Workshops |
| Mai 2007 | Schließung der Atelier-Galerie, Heirat und Umzug nach Cuxhaven-Sahlenburg Nochmalige Änderung der Signatur |
| Dez. 2007 | Eröffnung des Ateliers „Aquarellstudio" mit Dauerausstellung und Aquarellkursen |
| 2012 | Erscheinungsjahr des ersten Aquarell-Anleitungsbuches |
| 2014 | Erscheinungsjahr des zweiten Aquarell-Anleitungsbuches |

**Weitere Bücher von Brigitte A.L. Wacker:**

**Und alles nur aus Liebe** (Roman)
ISBN 978-3-8482-1773 1

**Das Märchen vom kleinen Sternchen**
ISBN 978-3-735-7783-3

**leben-lachen-lieben** Bilder – Gedichte - Kurzgeschichten
ISBN 978-3-8448-06281

**ABSCHIED VON ROBERT** Eine wahre Begebenheit
ISBN 978-3-8482-1356-6

**Solaras Traum** (eine magische Begegnung)
ISBN 978-3-7431-1658-0

**WUNDERSAM** ( wahre Geschichten)
ISBN 978-3-8482-6337-0

**Sterne in dunkler Nacht** (Erzählung)
ISBN 978-3-8482-3172-0

**Hein Wattwurm auf Reisen und andere Geschichten**
ISBN 978-3-8482-0266-9

**Kita – Vier Pfoten, eine Liebe** (die Geschichte eines Hundes)
ISBN 978-3-7322-4902-2

**Ich gebe dir Engel mit auf den Weg** (Bilder und Gedanken)
ISBN 978-3-7322-9926-3

**Liebevolle Wünsche und Gedanken für Dich**
ISBN 978-3-7357-1764-1